ELEGANT STYLE

家居创意风·雅致之风

博凯文化 编著

化学工业出版社

·北京·

雅致之风

图书在版编目(CIP)数据

家居创意风·雅致之风/博凯文化编著. —— 北京：
化学工业出版社，2011.1
ISBN 978-7-122-10191-4

Ⅰ. 家… Ⅱ. 博… Ⅲ. 住宅－室内装修－建筑
设计－图集 Ⅳ. TU767-64

中国版本图书馆CIP数据核字(2010)第250896号

责任编辑：左晨燕　　　　　　　　　　　文字编辑：木子　陈静　沈洋
责任校对：蒋　宇　　　　　　　　　　　装帧设计：姚佳

出版发行：化学工业出版社(北京市东城区青年湖南街13号　邮政编码100011)
印　　装：北京画中画印刷有限公司
889mm×1194mm　　1/16　　印张 4　　2011年3月北京第1版第1次印刷

购书咨询：010-64518888 (传真：010-64519686)　　售后服务：010-64518899
网　　址：http://www.cip.com.cn
凡购买本书，如有缺损质量问题，本社销售中心负责调换。

定　　价：25.00元

前 言
PREFACE

随着经济的发展和科技的进步，人们的消费观念也发生了巨大的改变。根据权威部门的市场调研报告，消费者在消费行为中由对价格和质量的关注已经改变为对创意和个性化的追求。家居消费作为人们生活中举足轻重的一项消费内容，也在由对功能的需求逐渐转变为对创意和个性化的追求。因为家居生活不仅仅是使人们有一个遮风挡雨的住所，更多是为了承载和编织一个人对于家的梦想。

然而，现代人的生活空间越来越狭窄，我们应该如何让家居在展示现代时尚、自由和舒适的同时又能展现自己的创意家居风格呢？于是《家居创意风》孕育而生，分别通过简约之风、摩登之风、田园之风和雅致之风向热爱家居生活的读者展示四种风格迥异的家居创意。简约之风带来极简主义生活经典案例，诠释简单、低碳的家居生活；摩登之风则通过时尚先锋元素打造个性家居生活；田园之风将乡村田园装饰引入居室，全面开启宁静安逸的田园生活；雅致之风则为文人雅士、阳春白雪精心布置笔、墨、纸、砚和琴、棋、画。希望通过本书的详细指导和全面介绍，可以让更多承载家居梦想的读者把梦想变成现实，运用创意装点无限美好的家居生活。

《家居创意风》编辑部

2011.1

目录
CONTENT

　　雅致风格呈现的是一种高雅，它美观、别致而不落俗套。中式雅致家居通常采用黑色和棕色，西式雅致家居多采用中性色彩，如白色、米色、灰色。雅致空间的营造可以通过柔软的布艺来实现，也可以通过墙面图案的变化来实现。一些带有地域色彩、宗教色彩和寓意的装饰品的恰当运用更能提升空间的高雅品质，使空间情趣盎然。

极简风华　方圆之道

——雅致细腻的魅力空间

Elegant & Delicate Charm Space

【方圆之道雅致风格总体特征】

　　本案在设计上强调了方与圆的几何构成，用方圆的组合变化展示了现代中式风格家居的神韵。设计师采用解构的手法，让方的有序和规则转变成无序的美，而这种无序也正是当代艺术所追求的。圆的表现在此案中是对于方的蔓延，圆有一种博大的情怀，在方形的空间中勾勒出一幅唯美的画卷。方与圆的形和意在中国传统建筑中常用来表达中庸的儒家理道。

+「空间表情」
现代材质展示张力

玻璃与镜面的运用，述说空间的延伸、张力，使得这个方与圆穿插融合的空间同时也展现了它的当代表情。方与圆的博大精深即在于此。

+「立体视觉」
木地板带来冲击力

空间整体采用了统一色调的木地板，这种地板立体感强，给人的视觉带来极大的冲击力，在一定程度上起到了延展空间的作用。一深一浅反差明显的颜色，和谐自然的搭配，给整体空间带来完全不同的装饰效果。

特殊造型的使用可以突出空间的内容和层次，提升空间的整体效果。方与圆的结合，不但能体现中国传统文化中推崇的"天圆地方"学说，更是表明了人们对这种充满和谐气氛的家居生活的向往。

+「空间造型」新奇创意彰显品质

仔细观察后会发现各个功能空间其实都是相通的，客厅与卧室之间的方格镂空隔断、餐厅与书房之间的圆形通道等，设计师巧妙地运用这些元素将整体空间融合在一起，既让空气自然的流通，又变换了空间的造型，让人大开眼界。

设 计 师：赵益平
设计公司：湖南美迪建筑装饰公司大宅设计院
案例地点：长沙市开福区滨江·君悦香邸
案例面积：136 平方米

细微之处提升家居品味

——温和简洁的清雅居室

Moderate & Compact Elegant Room

【温和简洁雅致风格总体特征】

　　本案整体空间以"易"域风情为主线，所谓"易"即为简易，抛弃形式设计，让空间通透。设计师为这个跃层空间的各个功能区都做了开放设计，每个区域都延续"简易"的设计手法，让家的温馨浸透在空间的方寸之中。空间以米色为主色，明度统一，踏入室内总有一种远离繁华都市的感觉，那种舒适是无法用语言来描述的。

+ 「木质围绕」
白橡木带来自然气息

　　跃层的特点是层高较高，设计师根据这一特点，使用白橡木装饰墙面，使人在视觉上有种往上延伸的感觉。客厅的地面是大理石材质，墙面其实也使用了大理石，但是在大理石上面设计师特意铺设了一层白橡木，使得地面在往立体空间延伸的过程中出现变化。吊顶与电视墙形成一个系统。木质材料的使用，不但使空间在简单中体现出不平凡，又为空间带来一股清新的自然气息。

+ 「快乐休闲」
把健身房搬进家中

　　健身房是后期改造搭建的，健身房三面都是用舒适的防腐木来装饰，一面是超大玻璃，开阔的视野使窗外的景色一览无余。室内放置了两台跑步机和一些健身器材，加上中央音响的伴奏，让健身房顿时有了一种锻炼的氛围。

Tips
细微之处提升家居品味

天然的材料与惬意的色彩构成了这个立体空间，设计师摆脱豪华奢侈，以淡雅节制为境界，重视家居的实际功能。自然色彩的陈静与造型线条的简洁，能突出空间中自然与人的和谐。

+「合二为一」

餐厅和休闲区共处一室

通常情况下，餐厅和休闲区是分开的，但是本案设计师为了让空间之间相通，将餐厅和休闲区放在一起，两个空间并不对立，这样空间感更大一些，与整体案例设计相辅相成。

设 计 师：冯易进
设计公司：温州易百装饰设计公司
案例地点：温州市德雅大厦
案例面积：230 平方米

美丽创意缔造和谐家居
——高雅闲适的清新雅居

Elegant & Leisure Fresh Agile

【高雅闲适雅致风格总体特征】

    本案空间融合了中式风格的气质和现代风格的简约，简单的木材、冷峻的石材、保留了岁月的痕迹；白色与棕色所构成的主色调让居住者可以抛开外界的纷繁复杂，生活的韵味得以在这里蔓延。每个功能空间都有独立的状态，雅致、简单的风格却不乏温情。四方的户型设计，搭配稳重的家具，让整体设计的风格拥有自始至终的贯穿性。

+「旧貌新颜」客厅设计新意别出

简约舒适的沙发，搭配沉稳、深暗色的木质茶几，这样的色彩运用可以使深色的纯木茶几成为客厅的重心，同时与电视柜取得呼应，使空间产生视觉上的稳定感。沙发背景墙被设计成有凹陷的竖条块状，让视觉自然的延伸。电视柜上摆放着各种视听设备，这些设备不仅不会使客厅失去它原有的会客功能，还会为空间增添新的元素。电视背景墙没有做特殊处理，只不过在两侧分别做了中式隔断和现代造型，让空间不显单一。

+ 「大胆创意」书房创造空间景致

　　书房两面是由玻璃围成，卷帘取代了常见的门，如此新颖的设计打造出完美的功能空间。因为三面透光，书房的采光自然不是问题。书架和写字台的颜色、材质和风格相同，清晰的纹理透着一股原始气息。几件古朴的工艺品为书房增添几分淡雅和清新。因为书房面积足够大，设计师还特意放置了一个双人沙发，以便于主人学习工作困乏之后休息。

Tips

美丽创意缔造和谐家居

精致生活空间的打造，不在于材质的高档，也不在于配饰的花哨，而在于设计师将有限的材质和饰品进行分配，让它们发挥各自的特点，和谐共存。

+「浓郁风情」餐厅细节透出精致

餐厅的设计虽然简单，却多了一些民族风，不但餐桌椅的造型呈现立体厚实的感觉，就连桌旗的色彩、图案也都洋溢着浓郁的民族风情。长条椅上的靠枕图案，取源于中国民间的年画图案，文化味十足。餐厅背景墙的壁龛上，摆放着主人从各地淘来的小物件。各个细节相得益彰，搭配得十分协调。

设 计 师：颜旭
设计公司：DOLONG 董龙设计
案例地点：南京市建邺区宋都美域
案例面积：123 平方米

轻松愉悦营造地中海浪漫风情
——优雅曼妙的开放居室

Elegant & Graceful Open Room

【优雅曼妙的雅致风格总体特征】

　　本案空间的主题格调为明快而舒适的地中海风格，白色为空间的主色，带来宽敞的视觉感受。局部的鲜艳色彩，让空间的功能分区更加明确，也让视觉感受更加丰富和细腻。由于房屋面积只有 45 平方米，所有的功能性分区又都必不可少，设计师没有对空间做硬性的划分，而是让所有分区都和谐相处在一个大空间中。移步换景的设计，让人不觉得空间的狭小。

+「核心空间」地台的多重功能

整个空间的核心是一个拥有多种功能的地台，这里有写字台、书柜、电视，它可以满足主人学习、工作、娱乐等多种需求，因此这个分区的重要性不言而喻。因业主不想将闲暇时间用在看电视上，所以设计师没有按照常规设计电视背景墙，而是在空间的一个角落悬挂了一台液晶电视。

+「风情万种」
布艺展示细腻柔美

　　本案业主为刚结婚的年轻小两口，空间里随处可见的是他们甜蜜的婚纱照和生活照，浓浓的爱情味道在空间里弥散开来，所到之处都似乎能看到两个人相依相靠的身影。照片留住的不仅仅是美丽的光影，更是光影中记录的那些永恒。

Tips
轻松愉悦营
造地中海浪
漫风情

空间的色彩搭配宜浅不宜深，浅色可以使空间显得更宽敞；小空间的家具宜简不宜繁，简单的家具既可以节省空间又能满足收纳功能；小空间宜开不宜闭，用象征性的手法如帷幔、屏风等划分区域，能使小空间营造出"大格局"。

+「柔软曲线」让空间柔和舒适

为了让空间更显柔和及舒适，设计师在局部采用了曲线的设计。这些无处不见的柔软曲线是一种浪漫的符号，结合泛光源的使用，营造了柔情的氛围，更符合主人的身份和使用需求。

设 计 师：孟冬
设计公司：北京乾图室内环境设计有限责任公司
案例地点：北京市朝阳区城市出品
案例面积：45 平方米

精致设计呈现精彩空间
——高贵典雅的品质家居

Noble & Elegant Quality Home

【高贵雅致风格总体特征】

    本案整体设计依据建筑自身格调定位为 Artdeco 风格，室内装饰拥有摩登的形体和贵族的气质，表达了主人所追求的高贵感。设计师运用了雨林棕石材，这种石材经过酸处理之后，具有沧桑感，给人感觉十分粗犷。石材将玻璃的亮丽、不锈钢的高档、壁纸的典雅衬托得淋漓尽致，营造了一个高贵而时尚的 Artdeco 别墅。

+「精心设计」客餐厅的空间布局

设计师对客餐厅进行了重新布局：客厅沙发移动至西面墙且拥有了背景墙，背景墙的雨林棕石材是这个空间的一大亮点。电视背景墙采用虚实结合的方法塑造，通过罗马柱式的对称设计，一边是进出餐厅的门，即为"实"，另一边是灰镜，即为"虚"，而 Bisazza 马赛克则体现了电视背景墙核心的重量感。客餐厅的吊顶都采用叠级的处理方法，以达到 Artdeco 风格的需要。

+ 「赏心悦目」书卧空间紧密相连

　　独特的床头设计使整个卧室充满典雅气质。背景墙选用了色彩厚重的软包，给人一种安稳的感觉。与书房一墙之隔的是衣帽间，衣帽间前的过厅设计了五斗柜和端景，端景连接着书房、主卫，同时兼具着储藏的功能。主卧与书房空间相连，八角形的书房视野开阔，整面墙的书柜不但非常实用，而且也很好地提升了空间的文化气息。

Tips

轻松愉悦营
造地中海浪
漫风情

大空间的设计需要权衡的东西很多，局部的细节设计主要体现出主人个性和生活情趣。在合理的平面布局下着重于立面的表现，注重使用玻璃、石材、壁纸、涂料来营造休闲的居室环境。

+「自然休闲」布艺勾勒出的美好

客厅里的沙发布艺选用了绒布，沉稳的色泽加上柔软的质感，顿时提升了空间品质。为了减缓阳光中紫外线使织物褪色的时间，设计师特意安装了双层窗帘。

设 计 师：陈志斌
设计公司：鸿扬集团陈志斌设计事务所
案例地点：长沙经济开发区碧桂园
案例面积：240 平方米

妖娆多姿打造专属空间
——妩媚神秘的东南亚风情

Charming & Mysterious Southeast Asian Style

【东南亚雅致风格总体特征】

　　本案是东南亚风格的混搭设计，材质上选用天然质朴的红砖、松木、石头等，柔软的纱织物作为后期的配饰。设计师采用浓烈厚重的色彩，大量东南亚装饰品以及有民族特色的首饰挂件为空间增添了不少情趣。灵性的空间、愉悦的色彩、别致的摆设都是丰富居家生活不可或缺的角色；木门、复古的水槽，巧妙地将传统与现代一同娓娓诠释；粗犷的红砖、堆砌的吧台、色彩斑斓的玻璃灯罩，游走在时尚与前卫之间。

+「轻松营造」休闲区的别样景致

　　在空间不算大的情况下，重头戏的设计越发重要：落地大窗有着非常好的视野，可以俯瞰市区街景，亦可眺望远方，宁神静气。设计师在临窗角落里放置了圆几、藤椅、绿植，既古典又现代的小型休憩区就这样轻松营造出来。清晨，一杯热茶，将洒落一身的阳光尽情拥抱。夜晚，手捧香醇的咖啡，凝望繁华的都市夜色，细数心灵深处的故事。一处精心设计的小空间就足以让生活变得浪漫又有情调。

+「个性施展」榻榻米的强大功能

　　设计师采用了日式榻榻米，让小空间既实用又可施展个性。榻榻米可坐可卧的特性弥补了空间的不足：繁忙工作之后，可以舒展疲惫的身心；闲暇时间，约三两知己品茗聊天，未尽兴时亦可留宿彻夜畅谈。榻榻米下超大的储物空间，可让主人尽情收纳，将空间功能发挥到极致。

 Tips

将阳台纳入房间作为休闲区，是时下流行的一种设计方式。既扩展了室内的功能区，又适合主人的生活习惯，享受阳光放松心情，惬意的生活就从这里开始。

+ 「细节处理」小饰品的精心搭配

在很多细节的处理上可以凸显设计师"大处不放过，小处亦精心"的专业态度，那些风格迥异又具有浓烈的民族风情的饰品作为墙体装饰，悄然将角落点亮。木门、木桌、木柜、木椅亦可以让你感受到主人向往大自然的本与真，追求内心的静与沉。

设 计 师：王凤波
设计公司：北京乾图室内环境设计有限责任公司
案例地点：北京市朝阳区慧谷阳光
案例面积：50 平方米

雍容大气演绎东方情韵
——风雅含蓄的写意中式

Refined & Implicit Enjoyable Chinese Style

【东方的雅致风格总体特征】

　　本案将风格定位于新中式，在这里既可以看到传统的中式元素，如花格门窗、中式雕花和图案，又可以看到现代的家具和材质。这个家中充满着浓浓的生活气息，木质的家具、新鲜的布艺、精巧的饰品，这一切元素构成了沁人的新中式风格，清新而随意。雅致自然的格调所调配出的是符合主人生活习惯和审美情趣的家。

+「自然纯粹」
木色营造原始意境

　　木材有着属于自己的颜色，这是源于大自然的恩赐。无论是营造浪漫还是贴近自然，这种最原始的色泽所表达出的是一种最纯粹的意境。空间中多次使用木质对空间进行美化，尤其是书房中整面木质书架，更是让空气中弥漫了清新的味道。

+「喜气洋洋」红色点缀中式新家

　　红色在中国有着特殊象征，它代表红火和喜悦，它以慷慨奔放的姿态让人们对美好生活充满向往。在这个新中式的家中，红色的出现带来一种视觉震撼效果，从客厅到餐厅、书房，带有中国传统图案的红色系布艺，使室内喜庆的气氛油然而生。

Tips
雍容大气演
绎东方情韵

多种色彩在同一空间和谐共存，是需要技巧的。空间色彩的处理，要根据使用功能和风格的需要，先定基调，并制定一个色彩序列标准，既要有色调的统一性又要有对比关系。在不同空间分区的色彩处理上，对色彩序列进行不同的组合方式，将会产生不同的视觉效果。

+「冷峻硬朗」

黑色彰显品位生活

　　黑色以其高贵、稳重的特点一直颇受设计师的喜爱。黑色家具不但平衡了空间中其他色彩的轻量感，而且也带来一丝神秘气息。黑色不能在多个空间大量使用，巧妙的用黑色作为空间点缀不失是一个好方法。照片墙下的中式风格的柜子，一改往日酷感，给人带来更多温婉、多姿的一面。

设 计 师：于园
设计公司：DOLONG 董龙设计
案例地点：南京市建邺区西堤国际
案例面积：124 平方米

凝聚东方智慧的混搭休闲别墅
——舒适淡雅的极致空间

Comfortable & Elegant Extreme Space

凝聚东方智慧的混搭休闲别墅

【东方智慧的雅致风格总体特征】

本案中简约的柯布西耶沙发、中国情调的软装以及东南亚风格的饰品将我们带入了一个东方休闲的现代空间。设计师在处理空间界面时尽量简约，而在家具的选择和软装配饰方面都趋于多元化。为了使紧凑的户型变得通透，设计师对原有户型进行调整，取消原有的封闭天井和厚实的墙体，使客厅、餐厅、卧室、浴室都可以共享天井中的阳光。同时，楼梯间的墙体也被打开，取而代之的是玻璃墙，楼梯上下相连蜿蜒转折的美感呈现在眼前。

31

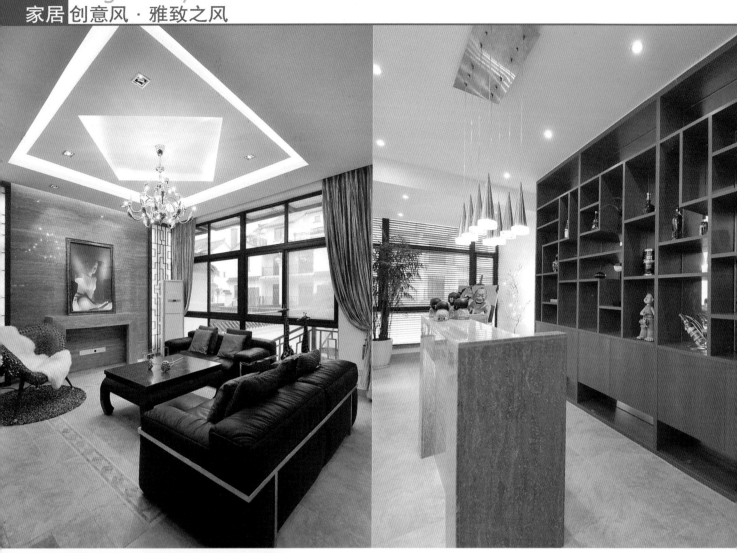

+「多元混搭」巧妙搭配也能如此精彩

　　一楼空间主要为客餐厅、吧台和休闲阳台。客厅顶部的几何造型在灯光的映衬下，立体感十足。设计师借用了壁炉的形式，特意用中国红漆茶几、东南亚风格的躺椅和芭蕉等多元家居元素进行混搭，使空间更具生活情调。吧台与酒柜紧密相连，酒柜的造型也源自传统中式花格元素。楼梯将客餐厅分开，餐厅的主题是"莲"，在砂岩的墙壁上，浅浅地雕刻着盛开的莲花。餐桌椅带有现代北欧风格，椭圆形的餐桌上放着铜雕的莲蓬，呼应着墙壁上的莲花浮雕。

凝聚东方智慧的混搭休闲别墅

+「精细安排」
连贯空间呈现豪华大气

　　二楼空间主要为主人的卧室、
书房、衣帽间和卫浴空间。设计师
采用了连贯空间的方式，把主人卧
室与书房紧密地连接在一起，细致
地功能安排让空间豪华大气。主卧
空间里休闲的架子床、挑空的层板、
透明的衣帽间，将人们领入了一个
时尚、休闲的空间。

+「时尚布局」
儿童房趣味与功能并行

　　三楼空间是儿童的卧室、衣帽间和卫浴空间。设计师专门为孩子预留了一个宽敞的卧室，同时趣味性地塑造了一个屋顶阁楼的书房。楼梯连接书房与卧室空间，在空间中划出一道美妙的斜线。卧室背景墙旁预留了过道，衣柜藏于床后，这是一种时尚的布局，简约、休闲、功能融于一体。

Tips

凝聚东方智慧的混搭休闲别墅

要营造舒适惬意的混搭风格，需要注意不同风格之间的协调。东方情致与东南亚风格较为接近，可以结合的点很多，搭配起来较为容易也更出彩。

设 计 师：陈志斌
设计公司：鸿扬集团 陈志斌设计事务所
案例地点：长沙市岳麓区含浦科教产业园星语林·汀湘十里
案例面积：240 平方米

庭院里尽显中式风情
——儒雅古韵的雅致家居

Refined & Relics Elegant Home

【儒雅古韵雅致风格总体特征】

本案是典型的中式古典风格案例，其布局运用了中式风格特有的对称、移步换景，室内的天花、家具、字画、陈设等均做统一处理，室内的隔断、屏风等与家具结合，起到了增加层次和深度的作用。案例设计整体采用了朴素稳重的色彩，木材是主要设计材料。古典符号的运用体现了东方儒学的沉淀和佛教文化。

+「古典符号」细节诠释中式意境

从客厅的背景墙到卧室的隔断、从家具到门窗、从墙面壁纸到床品布艺，都有着浓浓的中式符号——花鸟的纹饰、雕刻、花格、镂窗等。水墨字画也为空间营造中式意境。

✚「古典家具」
厨卫空间的色彩搭配

　　室内采用木质的中式家具，设计唯美，做工精良，注入中式的风雅意境，尽显雅致古朴的风貌，使空间散发出悠远的人文气息。客房的门窗和家具采用了中式花纹却涂上了与传统中式不同的白色，给人的感觉十分清新，展现了一种独特的魅力和迷人的气质。

Tips
庭院里尽显
中式风情

在古典风格的家居中适当的加入现代元素，可以使空间由沉闷变得较为活泼自由，就像本案中客房的门窗漆成了白色，展现了独特的魅力。

+ 「亲近自然」露台 + 庭院的美妙结合

露台作为室内外空间的一个过渡地带，设计师采用三面落地玻璃将阳光引入这个空间，休闲的家具还有茶具明显带有中式的烙印。这是一处静心的场所。而庭院的设计可谓丰富：坡地、果岭、植被、水池，可谓应有尽有。荷花竞相绽放、鱼儿自由嬉戏，一派生机勃勃的景象。

设 计 师：张欢
设计公司：张欢室内建筑设计
案例地点：武汉市黄陂区宝安山水龙城
案例面积：220 平方米

浓墨重彩勾勒文化家居
——古雅从容的中式空间

Quaint & Leisurely The Chinese Space

【浓墨重彩雅致风格总体特征】

　　本案为中式风格家居，空间中运用了诸如雕花门窗、明清家具、博古架、梅兰竹菊字画、盆景等传统的中式元素，展现了主人追求修身养性的一种生活境界。传统家具选用黑色，色彩浓重，格调高雅，使室内整体给人感觉意境深远。卧室空间采用对称设计，刻有"福"字的吊柜与五福图体现了主人重视文化的意蕴。

+「两全其美」阳台改书房功能兼备

因为本案是小户型设计，设计师首先需要考虑的是居所的功能性。为了满足业主的需求，使空间具有"麻雀虽小，五脏俱全"的功能，设计师将原有的阳台改造成书房，同时为了不影响室内的采光，将书房与客厅之间的窗户设计成折叠窗的形式，这样既拥有了独立的书房空间，也使得客厅和书房相互联通，两全其美。

+「有机组合」
墙体改造扩大使用空间

为了保持客厅空间的完整性，同时又能有足够的收纳空间，设计师将墙体进行了改造，并进行有机组合和排序。正如我们现在看到的，电视两侧的门关闭上就是完整的电视背景墙，打开之后的空间分别是扩大了的厨房和卫生间。

Tips
浓墨重彩勾
勒文化家居

古典中式家居风格的营造，多选用明清传统家具，室内色彩以黑色、褐色和红色为主色，室内格局讲究对称，陈设多以瓷器、屏风、古玩、盆景、字画、博古架等为主，带来更多层次美感。

+「特殊材质」

金属砖与家具交相辉映

在家具的选择和门板的形式处理上，设计师特意选用了传统的雕花工艺，不但在形式上取得一致性，同时还散发着浓浓的古典韵味。地面采用的是金属砖，与家具材质融为一体，呈现出特有的艺术气息和强烈的视觉冲击感。

设 计 师：陈熠
设计公司：北京东易日盛南京分公司
案例地点：南京市秦淮区雅居乐花园
案例面积：57 平方米

中西混搭的雅致家居布置方案

An Elegant Mix Of Chinese And Western Home Furnishings programs

混搭风格的家居布置虽不强调风格界限，但也要注意搭配的次序。设计时先为空间拟定一个基调，并以此为主线，选择合适的家具和饰品，切忌杂乱无章将各种元素堆砌在一起，分清主次和轻重关系，这样才能将空间布置得高雅别致，美观而不落俗套。要想设计一个简约风格的家，需要从家具入手。

中西混搭的雅致家居布置方案

▲色彩：中式家具的色彩多以黑色、棕色为主，带有浓郁的中国文化气息，搭配中性色的西式家具，如白色、灰色，可以调和空间的色彩明度，降低深色家具给人带来的压抑感。

▲家具：中式家具的造型稳重端庄，独具文人气质，在以西方装饰风格和家具为主的空间中，混入一两件中式家具，这种完美的组合方式，往往可以产生极美的效果。

Tips
中西混搭的
雅致家居布
置方案

材质：中式风格常选用木材及带有"梅兰竹菊"等植物图案的布艺装饰空间，搭配玻璃、金属、皮革等西方家居中常用的材质，可以赋予空间新的生命。

布艺小品装点雅致空间

Cloth Decorate Elegant Space

松软的沙发靠垫，清新舒爽的纱帘，个性的床
上用品……布艺饰品以丰富色彩和柔软质感，
在家居装饰中独树一帜，营造出舒适美观的家
庭环境，将家的感觉提升到极致。

▲ 家居装修的重点越来越趋向于软装饰，而布艺是软装的重点，床单被罩、窗帘桌布、靠背坐垫，精心的布置和独特的创意，细节之处总能体现主人对家的眷恋。

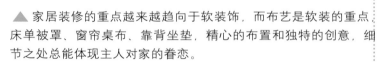

Tips
布艺小品装点雅致空间

布艺最能体现生活的内容，体现家的概念。布艺的舒适、清爽、柔软总将人们引入一个宽松、自由的空间，让人们尽情享受生活带来的乐趣。

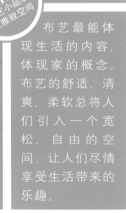

墙面雅致图案造型技巧
Elegant Pattern Modeling Techniques

墙面的面积大，若不做任何修饰，就会让空间显得十分乏味。将空白的墙面配以合适的图案，就能顿时提升空间品质。雅致图案的造型可以通过下面几个小技巧来实现。

▲ 挂画：抽象图案的挂画，不但能使空间充满艺术气息，同时也使室内的拘束感降低。现代风格的室内多以白色为主，可以选择色泽鲜亮的挂画，如果室内整体风格趋于稳重，那么应选黑白等艺术感强的挂画。

▲ 壁纸：壁纸的花色选取需要与室内整体风格一致，儒雅的中式风格家居通常选用带有花鸟的壁纸，以突出中式韵味；优雅的新古典风格家居则选用带镀金的壁纸，给人以非凡气度。

Tips
从家具把握
简约风布置
要诀

镂空：用镂空的墙体代替实体墙体，既丰富视觉，又为空间增添多变的元素。极富东方内涵的艺术形式，带来精巧细致的效果。

淡雅幽然浑然天成的地面设计
Elegant design of the ground

常见地面材料有地板、马赛克、仿古砖、大理石等，选择地面材料应该综合考虑空间的功能、装修的风格、业主的喜好等。雅致空间的家具、陈设、装饰都极具人文特征，细腻的设计体现一种和谐的生活，因此地面材料的选择也要与整体环境融为一体，色彩上延续空间主色。

▲ 适当的地面装饰如地毯的使用，在花色上与沙发靠垫取得一致，使整个空间既有统一的色调和风格，又能在细节上体现层次感。

暗香浮动的饰品营造雅致家居风格

Accessories Create Elegant Home Style

雅致家居风格具有以下特征：造型简单、材质天然、做工讲究、线条明快、色彩古朴。选择这种装饰风格的人群崇尚宁静淡泊的生活环境。东方元素的饰品也是营造此风格的重要元素，比如陶瓷、古玩、刺绣等。要注意的是，东方韵味讲究意境，过多堆砌装饰元素会使整个氛围得到破坏，而选择一两件恰当的饰品会让整个空间显得妙不可言，充满盎然情趣。

夺目灯饰点亮雅致家居
Brilliant Lighting Light Elegant Home

灯饰在家居中的作用已经不仅限于照明，更有装饰空间、美化家居环境的作用。精心营造的居室搭配同类风格的灯饰，二者相得益彰，将主人的居住心情更好地体现出来。雅致家居常搭配略有古典气息的灯饰，这些灯饰不单纯仿古，设计方面常常突破传统，融入多种现代元素，它做工考究，古朴中蕴含现代，庄严中透出通灵，让人在感受古韵的同时又能领略到时尚的风情。

▲ 造型优美的灯饰的选择与家居空间要协调，与家具、陈设等和谐搭配，才能更好地体现空间意境和主人个性。

▲ 灯光有扩展空间的效果，巧妙运用光线，将"整体照明"和"部分照明"结合，使空间明与暗共存，使居室显得错落有致，新意迭出。

雅致家具与家居融为一体
Elegant Furniture And Home As A Whole

雅致家具在外形上古朴大方，线条流畅柔和，颇有典雅气派。它没有古典家具那样繁复的纹饰，也没有简约家具那样利落的线条，但是却给人以静态的美感，独具艺术气息和个性。

▲ 家具的选择与整体设计一体考虑，合适的家具选择，不只是强调装饰作用，也增加了空间的层次感，更体现了主人的爱好及其文化品位。木制家具可以使空间显得温馨舒适、皮质家具彰显大气典范、布艺家居为家增添柔和质感、金属家具则带来现代气息。

营造琴棋书画的雅致家居

宁静、沉稳的雅致家居，少不了书房空间，身处其中的人不会心浮气躁。从陈设到规划、从色调到家具材质，都表现出典雅的特征。在现代家居中，拥有一个可以精心潜读的空间是一种享受。

▲ 在传统中式书房中，配有书桌、书柜、书案、榻、花几、字画及文房四宝等。琴棋书画是一种文化素养的体现，儒雅的空间少不了这些元素的点缀。

特别感谢以下设计师（排名不分先后）
SPECIAL THANKS

宋春吉	巫小伟设计事务所
刘熵文	福州国广装饰设计工程有限公司
杨隽	广东星艺装饰喜臣设计事务所
巫小伟	巫小伟设计事务所
导火牛	自由设计师
佐泽	福州佐泽装饰工程有限公司
章晶	杭州玩·意设计工作室
贾鹏威	鹏威室内设计事务所
李春林	南宁市意品居室内设计工作室
赵益平	湖南美迪建筑装饰公司大宅设计院
冯易进	温州易百装饰设计公司
颜旭	DOLONG 董龙设计
孟冬	北京乾图室内环境设计有限责任公司
陈志斌	鸿扬集团陈志斌设计事务所
王凤波	北京乾图室内环境设计有限责任公司
于园	DOLONG 董龙设计
张欢	张欢室内建筑设计
秋天	秋天设计工作室
朱宏格	北京乾图室内环境设计有限责任公司
叶强	福州元品空间设计顾问
董龙	DOLONG 董龙设计
霍世亮	北京黑石装饰设计有限责任公司
曲进	重庆曲进设计事务所
俞仲湖	东易日盛中策装饰
非空	非空设计工作室
谢文川	水墨设计工作室
郭瑞	北京极美设计机构
朱自权	江苏锦华建筑装饰设计工程股份有限公司

特别感谢以下品牌
SPECIAL THANKS

北京市东直门外大街48号东方银
座公寓A座20A 010-84476350

北京市朝阳区东四环中路195号华
腾新天地8层 010-87952288

北京市大兴经济区科苑路23号
010-60215588

舒雅室 solari

北京朝阳区慈云寺住邦2000
商务中心3号楼1503室
010-85867698

上海市宜山路407号筑园南楼
104室 021-33630006

北京市朝阳区惠新东街4号
010-84663868

中山市古镇古三泰榕工业大道5号
0760-89837377